Harry y el terrible Quiensabequé

POR DICK GACKENBACH

Traducido por Argentina Palacios

SCHOLASTIC INC.
New York Toronto London Auckland Sydney

A LILA, HELEN, ANNA Y ARLENE

ISBN 0-590-41820-3

Derecho de propiedad © 1977 por Dick Gackenbach. Texto en español © 1979 por Scholastic Inc. Todos los derechos reservados. Publicado por Scholastic Inc., 730 Broadway, New York, NY 10003, según acuerdo con The Seabury Press, Inc.

12 11 10 9 8 7 6 5 4   1 2 3 4 5 6/9

Impreso en los Estados Unidos de América

ISBN 0-590-41820-3

Copyright © 1977 by Dick Gackenbach. Spanish translation copyright © 1979 by Scholastic Magazines, Inc. All rights reserved. This edition is published by Scholastic Inc., 730 Broadway, New York, NY 10003 by arrangement with The Seabury Press, Inc.

12 11 10 9 8 7 6 5 4   1 2/9

Yo sabía
que abajo en el sótano
había algo terrible.
Lo sabía, así no más, porque
el sótano estaba oscuro y húmedo
y olía mal.

—No vayas allá abajo,—
le dije a mi mamá.
—¿Por qué?—me preguntó ella.
—Allá abajo hay
algo terrible.

—Tengo que ir abajo,
al sótano,—
dijo ella.
—Necesitamos un frasco
de encurtido.

¡Ella nunca me cree!

Esperé
y
esperé
junto
a la puerta del sótano.
Ella no volvió a subir.

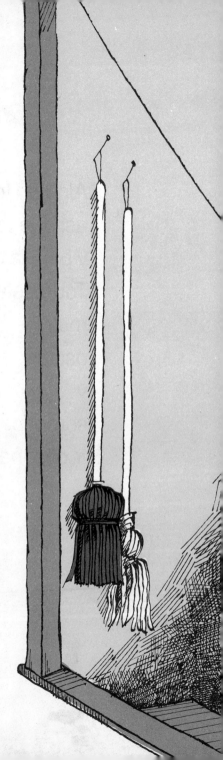

Alguien tenía que hacer algo,
así que tomé una escoba
y bajé la escalera del sótano.
Todo estaba
muy
oscuro
y
sombrío.
Y olía mal.

—Yo sé que aquí hay algo,—
grité.
—¿Qué hiciste
con mi mamá?

¡De pronto lo vi!
Dos cabezas,
tres garras,
seis dedos en el pie,
un largo cuerno,
en un Quiensabequé.

Estaba escondido
detrás de la caldera.

—¿Dónde está mi mamá?
le pregunté.
—La última vez que vi a tu mamá,—
dijo el Quiensabequé,
—estaba cerca de los frascos de encurtido, Gorgojo.

Yo estaba seguro de que el Quiensabequé mentía.
—¿Qué hiciste con ella?—le grité
¡y le di un escobazo!
¡PUM!

Eso puso furioso al Quiensabequé
y se me vino encima.

Le di otro escobazo. ¡PUM!
Al Quiensabequé no le gustó ni un poquito.

Se trepó en la lavadora
y le di un golpe allí donde se sienta.

Noté que el Quiensabequé se achicaba.
Y cuando le halé el rabo,
se achicó aún más.

Ahora el Quiensabequé estaba de mi tamaño.

—Bueno, me vas a tener que decir qué hiciste
con mi mamá,—le dije.—¡O si no…!

—Chiquillo, estás loco,—contestó el Quiensabequé.
Una de las cabezas me hizo una mueca.

Por haberme hecho eso, le torcí una nariz
y el Quiensabequé se encogió un poco más.
—¿Por qué te estás poniendo tan chiquito?—
le pregunté.

—Porque ya tú no me tienes miedo,—dijo el Quiensabequé.

—Eso me pasa precisamente cuando me empiezo a sentir como en casa en un ropero o un sótano.

El Quiensabequé se veía muy triste.

El Quiensabequé
se achicó
y se achicó y se achicó.
En el momento en que estaba del tamaño
de un maní o cacahuate,
le grité:
—Prueba en el sótano de Sheldon Parker,
el vecino.
El le tiene miedo a todo.
—Gracias,—le oí decir.
Entonces el Quiensabequé se fue.

El Quiensabequé desapareció
antes de que pudiera decirme
qué había hecho
con mi mamá.
Miré en la lavadora.
Allí no estaba.

Miré detrás
de unas cajas.
Mi mamá
tampoco estaba allí.

Miré dentro
del cajón de madera.
Mamá no estaba allí.
Yo estaba muy preocupado.

Entonces encontré sus lentes
junto a los frascos de encurtido.
Pero, ¿qué le había pasado
al resto de ella?

Buscaba yo
más pistas
cuando descubrí
que la puerta trasera
del sótano
estaba abierta.

Miré
afuera
y allí
a plena luz
del brillante sol...

...estaba mi mamá recogiendo flores.
Vaya la alegría que tuve al verla.

—Encontré tus lentes en el sótano,—
le dije yo.
—Gracias, Harry,—me dijo ella.
—Pero yo creía que le tenías miedo
al sótano.
—Ya no,—le contesté.
—El terrible Quiensabequé ya no está.
¡Lo eché fuera con la escoba!

—¡Vamos!—dijo ella. —*Yo* nunca he visto
un Quiensabequé allá abajo.
Ella nunca me cree.

La ayudé a llevar
los encurtidos
a la cocina
y allí me dio
leche y galletas.

—¿Sabes una cosa, Harry?—
dijo mi mamá.
—Nunca me preocupará
un Quiensabequé
mientras tú andes por aquí.
A lo mejor me creyó.

Más tarde oí un horrible grito
que salía de la casa vecina.
Apuesto a que Sheldon miró en el sótano.